AF198579

—

Christoph-Maria Liegener

# Wie werde ich ein Star?

© 2018 Christoph-Maria Liegener

Verlag und Druck:
tredition GmbH
Halenreie 42, 22359 Hamburg

ISBN:

978-3-7469-4490-6 (Paperback)
978-3-7469-4491-3 (Hardcover)
978-3-7469-4492-0 (e-Book)

Das Werk, einschließlich seiner Teile, ist urheberrechtlich geschützt. Jede Verwertung ist ohne Zustimmung des Autors unzulässig. Dies gilt insbesondere für die elektronische oder sonstige Vervielfältigung, Übersetzung, Verbreitung und öffentliche Zugänglichmachung.

# Inhalt

## Vorwort

Dies ist kein Tatsachenbericht. Es ist ein satirischer Roman, geschrieben mit einem Augenzwinkern. Das heißt aber auch: Beinahe so oder so ähnlich hätte es sich tatsächlich ereignet haben können.

Es geht um ein junges Mädchen, das ihren Traum verwirklicht hat, ein Star zu werden.

Gern wird behauptet, der Weg dahin führe über harte Arbeit. Nicht so bei der Protagonistin dieser Geschichte – ihr Schicksal wurde durch ihren eisernen Willen und eine Verkettung glücklicher Umstände gelenkt. Eine wichtige Rolle spielte dabei ihr Daddy. Der versteht sie zwar nicht immer, immer aber hilft er ihr.

Christoph-Maria Liegener

# Der tägliche Trott

Christina Mayer schlich sich ins Haus. Kaum, dass sie die Tür in Schloss gezogen hatte, hörte sie schon die Stimme ihres Vaters:

„Wo kommst du jetzt erst her, Tina? Du bist viel zu spät dran!"

„Entschuldigung. Es hat etwas länger gedauert. Ich konnte einfach nicht früher weg", stammelte Tina.

„Wenn du die Zeit nicht einhalten kannst, darfst du nachts nicht mehr in den Club", mahnte ihr Vater. „Du weißt, dass wir uns Sorgen machen, und das nicht ohne Grund."

Tina wusste es, und es tat ihr leid. Sie verspätete sich nicht mit Absicht. Manchmal vergaß sie einfach die Zeit. Sie versuchte, ihren Vater zu beruhigen:

„Ihr braucht euch keine Sorgen zu machen. Ihr wisst doch, dass ich mit Lucy unterwegs bin. Wir sind zu zweit und haben

Pfefferspray dabei. Es wird schon nichts passieren."

„Das sagst du so", grummelte ihr besorgter Vater. „Wir können unsere Sorgen nicht einfach abschalten. Und es ist ja nicht so, als ob wir dir keinen Freiraum einräumen würden. Nur übertreiben sollst du es eben nicht."

Tina wusste, dass er recht hatte, und sie wusste, dass er wusste, dass sie es wusste. Dazu gab es nicht mehr viel zu sagen.

Sie verzog sich in ihr Zimmer.


Am nächsten Tag beim Mittagstisch hieb ihre Mutter in dieselbe Kerbe:

„Du weißt gar nicht, wie gefährlich dieses Ausgehen ist. Irgendwelche Typen könnten euch K.O.-Tropfen in die Getränke schütten und euch entführen. Was sie dann mit euch anstellen, will ich mir gar nicht ausdenken. Seid doch ein bisschen vorsichtiger!"

Tina konnte diese Predigten schon lange nicht mehr hören. Trotzdem machte sie ein betroffenes Gesicht und nickte, einfach weil sie wusste, dass ihre Mutter sich aus Liebe zu ihr so echauffierte. Das konnte sie ihr nun wirklich nicht übelnehmen! Sie war ihr sogar heimlich dankbar dafür. Auf diese Weise fühlte sie sich geborgen.

Auch wenn sie kein großes Gewese darum machte, Tina hörte durchaus auf ihre Eltern. Die beiden Mädchen trafen Vorsichtsmaßnahmen, ließen ihre Drinks nie aus den Augen und achteten gegenseitig aufeinander. In fremde Autos stiegen sie schon aus Prinzip nicht.

Aber ein bisschen Spaß wollten sie schon haben. Man ist schließlich nur einmal jung!

Tina ging gern mit ihrer besten Freundin Lucy tanzen. Sie lernten andere junge Leute kennen und amüsierten sich. Selbst die eine oder andere Anmache störte sie nicht sonderlich. Wenn das verboten wäre: Wie sollte denn dann ihr Traumprinz sich ihnen nähern?

Die Evolution hatte nun einmal die Sexualität entwickelt. Sich dagegen zu sträuben, hatte doch keinen Sinn. Natürlich störte es, wenn sich die falschen Jungs von ihnen angezogen fühlten. Aber oft genug lernten auch sie nette Kerle kennen.

Und wo sollte letztlich das Problem liegen? Schließlich konnten sie bei Bedarf „nein" sagen und taten es auch.

# Lichtblicke und Träume

Tina war jung und wollte sich amüsieren. Zum Amüsieren gehörte auch, mit ihrer Freundin shoppen zu gehen.

Wenn Tina mit Lucy shoppen gehen wollte, brauchte sie zunächst einmal Geld. Sie bat ihren Daddy darum. Der kannte das schon und war normalerweise großzügig zu Töchterchen.

„Versuch doch mal, etwas Sinnvolles damit zu kaufen. Denk dran: Das Geld wächst nicht auf Bäumen", ermahnte er seine Tochter noch.

„Nein, aber auf den Konten der Väter", gab Tina lachend zurück und verschwand, während ihr Vater nur lächelnd den Kopf schüttelte.

Natürlich kaufte sie lauter unnützes Zeug – völlig überteuerte Fetzen. Aber die Dinger waren sooo cutey cute.

Rechtfertigen musste sie sich für ihre Eskapaden schon lange nicht mehr. In dieser

Hinsicht war ihr Vati echt cool. Er war auch sonst in Ordnung. Selbst wenn er sie nicht immer verstand, ließ er sie doch ihr Ding machen und unterstützte sie sogar. So sollte es ja schließlich auch sein. Wozu hat man Eltern! Tina konnte sich über ihre nicht beklagen.

Die Mädchen probierten die neuen Klamotten in Tinas Zimmer an und sangen in ihrem neuen Outfit ein paar Rihanna-Songs.

Tina zog Lucy ins Vertrauen:

„Weißt du, was mein größter Traum wäre? Ich möchte auch so ein Star werden wie Rihanna. Aber wie soll ich das nur machen? Wie werde ich ein Star?"

Lucy kicherte:

„Wenn ich das wüsste, hätte ich's schon längst gemacht."

Es war ein Traum der Mädchen. Sollte er unerfüllt bleiben?

Man sagt doch immer:

„Was man wirklich will, das schafft man auch."

Daran sollte es nicht scheitern. Tina wollte wirklich ein Star werden. Ganz wirklich! Sie wollte es so intensiv, dass es fast schon weh tat. So manche Nacht hatte sie in ihrem Bett gelegen und es sich inbrünstig gewünscht.

Zu formalen Gebeten hatte sie sich indes nicht aufraffen können. Das wäre ihr nicht richtig vorgekommen. Wenn es höhere Mächte gab, die die Welt beeinflussen konnten, dann wäre es vermessen gewesen, sie mit so etwas Banalem zu belästigen. Da müsste es schon um Leben oder Tod gehen! So weit war sie noch nicht, dass sie ohne Starruhm nicht mehr leben zu können glaubte.

Aber es gab andere Mittel. Sie hatte von verschiedenen Meditationstechniken zur Steigerung der Konzentration gehört. Das müsste den Willen bündeln. Vielleicht würde das etwas bewirken. Sie hatte es probiert, aber geholfen hatte es bisher noch nicht.

Immerhin ergab sich aus ihrem Willen eine gewisse Zielstrebigkeit. Sie pflegte ihr Interesse an Musik, hörte dauernd Songs und sang dazu, am liebsten Rock und Pop, gern aber auch Oldies. Die wirklich großen Songs zu kennen, bedeutete ihr viel. Solche Evergreens hatten sich bewährt. Man würde sie noch hören, wenn die Eintagsfliegen von heute längst vergessen wären.

Es gab kaum eine Begebenheit in ihrem Leben, zu der sie nicht ein passendes Lied abgespielt hätte oder, wenn das aus irgendeinem Grund nicht ging, zumindest in Gedanken gehört hätte. Ja, sie konnte die Musik in ihrem Kopf hören, selbst wenn sie draußen nicht ertönte. Musik war ihr Lebenselixier.

Wenn sie in der Musikbranche etwas werden wollte, sollte sie sich zumindest darin auskennen, sagte sich Tina. Recht hatte sie. Gern hing sie, während sie sang, auch Tagträumen nach, stellte sich vor, auf einer großen Bühne zu stehen und zu singen.

Tina erzählte Lucy von ihren Träumen und sie lachten gemeinsam darüber. So einfach ging es offenbar nicht. Zwischen Wunsch und Wirklichkeit klaffte eine gewaltige Lücke. Trotzdem waren sie wild entschlossen.

Irgendetwas mussten sie schließlich doch probieren.

„Vielleicht sollten wir damit anfangen, dass wir uns wie Stars aufbrezeln …", meinte Lucy.

Gesagt, getan: Sie holten ihre Beauty Cases und schminkten sich, wobei sie sich gegenseitig halfen. Aufgehört wurde erst, als sie restlos mit sich zufrieden waren.

In ihren Gedanken waren sie jetzt schon Stars.

# Hunde und Pferde

Wann immer ihre Zeit es zuließ, waren Tina und Lucy mit ihren Tieren unterwegs. Sie hatten beide jeweils eine Hündin und ein Pferd. Die Hündinnen waren beide Schäferhündinnen, die die Mädchen selbst abgerichtet hatten. Die beiden Energiebündel hielten die Mädchen ganz schön auf Trab. Dauernd mussten sie mit ihnen hinausgehen.

Mitunter übernahmen das auch die Eltern, wenn die Mädchen mal wieder nicht konnten. Natürlich ging das nicht vonstatten, ohne dass die Eltern ein paar mahnende Worte über die Pflichten von Tierhaltern verloren.

Diese Predigten waren nicht ganz unberechtigt, hatten doch Tinas Eltern es bei der Anschaffung der Hündin zur Bedingung gemacht, dass Tina sich selbst um das Tier kümmern würde. Wochenlang hatte das Mädchen ihren Eltern mit ihrem Wunsch nach einer Hündin in den Ohren gelegen. Die Eltern hatten zuerst abgelehnt:

„Du bist noch nicht soweit, verantwortlich selbst für ein Tier zu sorgen. Am Ende werden wir es sein, die die ganze Arbeit mit dem Vieh haben werden."

Prophetische Worte. So war es nun ja auch gekommen, obwohl Tina hoch und heilig versprochen hatte, alles selbst zu machen. Die Eltern hatten sich einfach wider besseres Wissen breitschlagen lassen. Tina hatte wie alle Mädchen genau gewusst, wie sie es anstellen musste, den Widerstand ihrer Eltern zu brechen, indem sie sie um den Finger wickelte.

Dafür musste Tina nun die regelmäßigen Strafpredigten über sich ergehen lassen.

Das Mädchen, das bei der Hundehaltung tatsächlich auf die Unterstützung ihrer Eltern angewiesen waren, wusste, was in solchen Fällen zu tun war: Sie beherrschte das schon aus dem Effeff: schweigen mit betretenem Gesicht, solange die Eltern sprachen, und von Zeit zu Zeit bestätigend nicken. Zum Schluss gelobte sie feierlich Besserung. Das war's dann meistens auch schon und sie konnte gehen.

Das Größte für beide Mädchen und alle ihre Tiere war, die Hunde gleichzeitig mit den Pferden laufen zu lassen.

Ihre Pferde, ganz junge Stuten, liebten die Mädchen fast noch mehr als die Hunde. Sie waren selbst beim Zureiten dabei gewesen und hatten ein sehr enges Vertrauensverhältnis zu den Tieren aufgebaut. Beide Stuten standen in einem nahegelegenen Pferdehof am Rande eines riesigen Gebietes, das zum Ausreiten ideal war: unendliche Wiesen und Wälder, angrenzend an ein Flüsschen.

Gern ritten die beiden Mädchen zusammen aus – am liebsten ohne Sättel. Sie kannten ihre Pferde und verstanden sich durch kleinste Hilfen mit ihnen.

Wie schön war es, im Jagdgalopp über die gemähten Wiesen dahinzufliegen – die Hunde nebenher! Wie sie alle es gemeinsam genossen! Dazu gehörte selbstverständlich, den Tieren auch einmal eine Ruhepause zu gönnen, sie zu streicheln und ihnen dann eine Kleinigkeit ins Maul zu stecken!

Als ein Highlight sahen sie es an, hinunter zum Fluss zu reiten und die Tiere im flachen Wasser waten zu lassen. In ihren Köpfen ertönte dann „I Follow Rivers" von Lykke Li und sie sangen lauthals mit.

Leider konnten sie die Hunde nur außerhalb der Setz- und Brutzeit des Wildes frei in Feld und Flur laufen lassen. Damit entfiel die lange Zeit von Februar bis Juni vollkommen. Tinas Eltern hatten den beiden Mädchen das mühsam beibringen müssen. Zuerst hatten nämlich Tina und Lucy davon nichts hören wollen.

„Unsere Hunde jagen nicht", hatte Tina behauptet.

„Selbst wenn eure Hunde ihren Jagdinstinkt unterdrücken könnten, stören sie das Wild. Sie können unabsichtlich kleinere Tiere zu Tode erschrecken", mahnte der Vater.

„Was seid ihr nur für Spaßbremsen?!", maulte Tina.

„Denkst du vielleicht auch mal an die kleinen Tierbabys?", ermahnte sie ihr Vater. Dann erklärte er ihr geduldig, dass Disziplin in diesem Fall auch in ihrem Interesse läge:

„Wenn der Förster Hunde sieht, die Wild in der Schonzeit aufscheuchen, erschießt er sie", meinte er lapidar.

Das wollten die Mädchen dann doch nicht riskieren. Es blieben ja immer noch die Hundeauslaufgebiete. Darüber hinaus durften die Hunde auf den meisten Wegen frei laufen, solange sie diese nicht verließen. Das funktionierte ausgezeichnet, da die Hündinnen gut erzogen waren.

Tina liebte alle Tiere, nicht nur ihr Pferd und ihre Hündin. Wann immer sie konnte, half sie in Not geratenen Tieren. Zum Beispiel nahm sie bei Wintereinbruch diejenigen Igel aus dem Garten auf, die zu wenig Gewicht für den Winterschlaf aufbrachten. Diese quartierte sie dann im Keller ein und fütterte sie den Winter über durch, bis die Nächte wieder wärmer wurden und die kleinen Igel ohne Gefahr hinausgelassen werden konnten.

Auch in diesen Fällen zeigte sich, dass sie sich übernommen hatte und ohne die Hilfe ihrer Mutter nicht auskam. Wie oft musste die Mutter das Füttern übernehmen, weil die Tochter keine Zeit hatte! Das Reinigen des Käfigs überließ die Tochter sogar fast ausschließlich der Mutter, weil sie schlicht keine Lust dazu hatte.

So war es häufig bei Tina: Der gute Wille war da, aber das Durchhaltevermögen fehlte.

Nicht viel anders war es bei der Pferdehaltung. Immerhin beteiligten sich die Mädchen eifrig an der Pflege der Pferde. Wenn sie gekonnt hätten, hätten sie diese Aufgaben wirklich allein übernommen, weil es ihnen tatsächlich Spaß machte. Indes ließen ihre vielfältigen Pflichten nicht zu. Da gab es die Schule und ihre Arbeiten im Haushalt, dann die Treffen mit ihren Freundinnen.

Vor allem aber brauchten sie Zeit für ihre Musik. Das ging vor. Schließlich wollten sie einmal Stars werden.

# Schule

Zur Schule ging Tina zwar nicht wirklich gern, aber auch nicht widerwillig. Manches machte ihr sogar Spaß. Nicht so sehr der Unterricht, sondern eher die Pausen. Sie war insgesamt keine schlechte Schülerin, allerdings auch nicht überragend, eben irgendwo im Mittelfeld.

Besonders die Hausaufgaben erwiesen sich immer wieder als lästig. Glücklicherweise gehörte ihr Vater zu den Menschen, die etwas von dem Schulkram verstanden, und sie konnte ihn bei den Hausaufgaben um Hilfe bitten. Er half ihr immer gern. Es gab ihm das Gefühl, von ihr gebraucht zu werden.

Manche Fächer mochte sie lieber als andere. Musik und Sport zum Beispiel fand sie nicht übel, Mathematik und Physik dagegen zum Kotzen.

Eigentlich konnte sie gar nicht einsehen, warum sie solche Sachen wie Mathematik und ähnliches überhaupt lernen sollte. Wenn sie mit Erwachsenen sprach, stellte sie immer wieder fest, dass die meisten gar keine Ahnung davon hatten. Ihr Vater war eine seltene Ausnahme. Warum sollte sie den Kram dann lernen?

Irgendwann einmal hatte sie ihren Lehrer gefragt. Der hatte ihr irgendetwas davon erzählt, dass das Denken dadurch geschult würde, dass ein Fundament gelegt würde für Dinge, die sie später lernen würde, dass sie ihren Horizont erweitern müsse, dass sie sich nicht jetzt schon intellektuell einengen dürfe, und so weiter.

Er fügte hinzu:

„Weißt du eigentlich, dass Bildung früher ein Privileg war, das nur Kindern aus gehobenen Schichten vorbehalten war? Es war ein langer Kampf nötig, bis alle Kinder zur Schule gehen konnten. Es gibt Länder, in denen das bis heute nicht selbstverständlich ist. Gerade Mädchen wird das oft verwehrt."

Tina konterte:

„Ich pfeife auf dieses Privileg. Ich will ein Pop-Star werden. Was soll ich da mit dem Satz des Pythagoras?"

„Wenn du dich nie mit Mathematik beschäftigt hast, wird dich auch als Pop-Star jeder Veranstalter übers Ohr hauen können."

„Dafür habe ich mein Management."

„Und wer kontrolliert das Management?"

„Da hilft mir mein Vater."

„Gut, dass dein Vater eine fundierte Bildung genossen hat. Aber wer wird wiederum deinen Kindern helfen, wenn sie mal nicht weiterwissen?"

„Also: Erstens weiß ich noch nicht, ob ich überhaupt Kinder bekommen möchte, und zweitens kann das ja dann mein Mann machen."

„Ach, der soll schon eine Schulbildung genossen haben, du aber nicht. Wer soll denn nun zur Schule gehen? Alle außer dir?"

„Sie verdrehen mir die Worte im Mund", schnaubte Tina und stapfte wütend davon.

Der Lehrer hatte sich wirklich Mühe gegeben, ihr die Sache mit der Schule nahezubringen.

Was Tina davon mitnahm, war, dass es nun einmal sein musste. Da musste sie eben durch.

Aber Schule war ja nicht nur Unterricht. Sie hing gern mit den Mädels in den Pausen rum. Es machte gute Laune und sie amüsierte sich.

Natürlich gab es in der Schule auch Leute, die sie nicht mochte: die Klassenzicke und ihre Anhängerinnen zum Beispiel. Zwischen Tina und diesen Tussen waren die Fronten von Anfang an klar abgesteckt. Schon als sie sich das erste Mal begegneten, hatte die Oberzicke sie angemacht:

„Aus dem Weg! Komm mir nicht in die Quere, Bitch!"

Tina hatte noch gemäßigt reagiert:

„Der Gang ist doch breit genug. Du kannst durch, ohne rumzustänkern."

Worauf die Oberzicke sie anpflaumte:

„Halt bloß die Klappe, Schlampe. Du hast hier nichts zu melden!"

Aber Tina hatte sich nichts gefallen lassen:

„Selber Klappe! Wag nicht, mich zu dissen! Besorg's dir selbst, alte Fo**e!"

Damit hatte sie sich einfach umgedreht und die andere links liegengelassen. Ganz unbekümmert begann sie, sich mit ihrer Freundin Lucy zu unterhalten.

Das reichte. Die Zicke guckte verdutzt aus der Wäsche. Widerstand war sie nicht gewohnt. Der Augenblick für eine prompte Reaktion war verstrichen und die Zicke trollte sich. Für den Augenblick war die

Angelegenheit geklärt. Aber auch in Zukunft gab es keinen größeren Ärger mehr.

Der Grund lag auf der Hand: Tina hatte
auch ihre Freundinnen und eine größere
Konfrontation wagten die Zicken nicht. So
gingen sich die beiden Cliquen künftig aus
dem Weg.

# Liebe

Inzwischen kam noch etwas hinzu, das die Schule für Tina gewaltig aufwertete. Ein neuer Schüler war zur Klasse dazugekommen. Sie fand ihn richtig süß. Er hieß Leon. Nicht einmal seine Brille störte sie. Der Junge wirkte fast ein bisschen nerdig, aber sie mochte das.

Sie traute sich nicht, ihn anzusprechen, aber vertraute sich ihrer Freundin Lucy an. Die konnte es nicht lassen, sie damit aufzuziehen.

Am nächsten Tag nahm Lucy Tina zur Seite.

„Vorhin habe ich Leon gesteckt, dass du scharf auf ihn bist. Er steht auch auf dich und würde dich gern sprechen", flüsterte sie ihr zu.

Tina fiel nicht darauf rein:

„Haha, das hast du dir schön ausgedacht. Ich mache mich doch nicht lächerlich!"

Lucy wollte ihrer Freundin letztlich aber doch wirklich helfen und sprach mit ein paar anderen Mädchen aus ihrer Clique. Sie organisierten gemeinsam ein Treffen im Club. Der Clou war, dass der angehimmelte Leon auch eingeladen wurde.

Der entscheidende Abend kam. Tina war da, hatte aber keine Ahnung, was geplant war. Lucy hatte sich mit Bob, ihrem Freund abgesprochen und managte es schließlich, dass sie selbst mit Bob, Tina und Leon eine kleine Vierergruppe bildeten.

Lucy hatte vorher den DJ gebeten, „Nothing else matters" von Metallica zu spielen und zog dann Bob mit sich auf die Tanzfläche. Tina und Leon ließ sie miteinander stehen und es blieb den beiden kaum etwas anderes übrig als auch miteinander zu tanzen. Da es sich bei der Musik um ein langsames Stück handelte, tanzten sie eng und kamen sich näher.

Sie tanzten ein Weilchen miteinander, unterhielten sich dann, so gut es bei der lauten Musik ging, und tanzten dann wieder. Schließlich verabredeten sie sich für den nächsten Tag.

Es wurde ein richtig schönes Date. Sie entwickelten eine Zuneigung füreinander und verabredeten sich erneut. So wie sie sich verstanden, könnte man sagen, dass sie jetzt fest zusammen waren.

Die nächste Zeit empfand Tina wie einen Traum. Beim zweiten Date bekam sie zum Abschied ihren ersten Kuss. Leon, der vorher so schüchtern gewirkt hatte, zog sie dicht zu sich heran, nahm ihren Kopf fest in seine Hände, sah ihr tief in die Augen und sagte:

„Ich muss das jetzt einfach tun."

Dann küsste er sie. Es begann als zaghafter Kuss, aber Tina erwiderte ihn heftig und bald waren sie in eine hemmungslose Knutscherei versunken.

Tina schwebte auf Wolke sieben.


Die nächsten Tage vergingen wie im Flug. So oft sie konnte, verbrachte Tina ihre Zeit mit Leon. Sie gingen spazieren, unterhielten sich, umarmten und küssten sich. Abends tanzten sie engumschlungen – am liebsten zu „A Whiter Shade of Pale" von Procul Harum.

Von Zeit zu Zeit nahm Leon sie zart in den Arm, neigte sich ihr zu und flüsterte:

„Ich liebe dich, Tina."

Tina hauchte zurück:

„Ich liebe dich auch, Leon."

Dann küssten sie sich wieder ohne Ende.


Es war das Paradies auf Erden. Trotzdem passte Tina auf, Lucy nicht zu vernachlässigen. Oft trafen sie sich zu viert: die beiden Mädels mit Leon und Bob. Sie gingen ins Kino oder in den Club zum Tanzen.

Mit dem Tanzen hatte Leon nicht viel am Hut. Er war eher der bequeme Typ.

Tina hingegen tanzte für ihr Leben gern. Sie hatte in einer Tanzschule einen Jazz-Dance-Kurs belegt und durchgezogen. Das half ihr, sich alle möglichen Tanzstile schnell anzueignen. Nun wollte sie versuchen, auch Leon zum Tanzen zu animieren, indem sie ihm vortanzte. Sie bat ihn aufzupassen, ging zur Tanzfläche und tanzte zu „What is Love" von Haddaway.

Etwas außer Atem kehrte sie zu Leon zurück und strahlte ihn stolz an.

„Das nennt sich Jumpstyle", klärte sie ihn mit einem Lächeln auf.

Leon zuckte die Achseln, wiegte seinen Kopf ein wenig im Takt der Musik und meinte:

„Das nennt sich Relax-Style."

Tina gab es für den Moment auf.


Nicht dass Leon überhaupt nicht tanzen könnte. Ein wenig tanzen konnte er schon. Er hatte ja auch mit Tina getanzt. Was ihm fehlte, war die echte Begeisterung, ganz zu schweigen von dem Ehrgeiz, es effektvoll zu tun.

Tina hatte gehofft, mit ihm gemeinsam einem Tanzverein beizutreten. Sie hatte an Lindy-Hop gedacht. Da Lindy-Hop ein Paartanz war, hatte ihr bisher zu einem solchen Schritt der Partner gefehlt. Da würde sie Leon wohl erst noch hinführen müssen. Es würde sicher schwer werden, aber wer weiß: Man hat schon Pferde kotzen sehen und Jungens tanzen.

Tina wusste schon, wie sie es anstellen musste.

Als sie Leon damit drohte, mit einem anderen Jungen Lindy-Hop zu lernen, knickte er ein und sie traten gemeinsam dem Lindy-Hop-Verein bei. Nach einer Weile lief es richtig gut. Beide hatten Spaß.

Ermutigt von diesem Erfolg startete Tina einen weiteren Versuch, Leons Tanzkünste zu verbessern. Sie überredete ihn, mit ihr einen ganz normalen Tanzkurs in der Tanzschule zu belegen: Walzer, Rumba, Tango usw.

Für ein paar Wochen machten sie das Parkett unsicher, dann ging es tatsächlich einigermaßen.

Schließlich kam der Abschlussball.

Tina trug ein leuchtend rotes Abendkleid, Leon eine farblich passende Blume im Knopfloch. Tinas und Leons Eltern waren auch mitgekommen – es handelte sich ja um eine Art gesellschaftliche Verpflichtung. Fotos wurden gemacht und die Eltern wollten mit darauf sein.

Die Tradition wollte es, dass die Debütanten ihre Eltern im Lauf des Abends einmal zu einem Tanz aufforderten. Wie gewöhnlich wurde dieser Tanz extra angekündigt und als Musik wurde ein langsamer Walzer gewählt, in diesem Fall eine Instrumentalversion von „Moon River". Tina tanzte also mit ihrem Vater und Leon mit seiner Mutter. Obwohl die Eltern etwas eingerostet waren, brachten sie alle den Tanz hinter sich, ohne sich auf die Füße zu treten.

Es wurde ein gelungener Abend. Im Anschluss wollten Tinas und Leons Eltern noch auf einen Absacker in der Stadt bleiben. Tina und Leon selbst fuhren zu Tina nach Haus und hatten nun das ganze Haus für sich. Sturmfreie Bude!

Zunächst gingen sie ins Wohnzimmer, Tina immer noch im roten Kleid. Leon legte „Lady in Red" von Chris De Burgh auf und sie tanzten dazu, Wange an Wange, wie es bei diesem Lied sein muss.

Anschließend verzogen sie sich in Tinas Zimmer und zogen die festliche Kleidung aus. Sie hörten „Can't Help Falling in Love" vom King. Während die Musik dudelte, kletterten sie aufs Bett und spielten „Streichelzoo". Irgendwann schliefen sie ein. Leon blieb über Nacht und verabschiedete sich am nächsten Morgen in aller Frühe. Tinas Eltern waren noch nicht aufgestanden und bekamen ihn diesen Morgen gar nicht zu Gesicht.

Tina allerdings fand nun, es wäre an der Zeit, ihren Eltern Leon ausführlicher vorzustellen. Leon gehörte jetzt zu ihrem Leben und normalerweise ließ sie ihre Eltern an ihrem Leben teilhaben. Angst, dass ihre Eltern sich in ihr Leben einmischen würden, brauchte sie nicht zu haben. Die Eltern ließen sie bisher immer ihr Ding machen. Unerwünschte Ratschläge gaben sie selten und wenn, erwiesen sie sich im Nachhinein als nützlich.

Also wurde der Junge von Tinas Eltern zum Kaffeetrinken nach Hause eingeladen. Dass die Eltern ihn dabei ein bisschen kritisch unter die Lupe nahmen, kann man schon verstehen. Sie taten es allerdings nicht so auffällig, dass es peinlich geworden wäre. Dass sie ihn nach seinen Zukunftsplänen fragten, empfand Tina allerdings als grenzwertig. Andererseits machen Erwachsene das gern bei jungen Leuten, die das ganze Leben noch vor sich haben. Man konnte es verzeihen.

Außerdem: Was soll's. Es gab ja eigentlich nichts an dem jungen Mann auszusetzen. Und, was die Hauptsache war: es handelte sich schließlich nur um ein erstes Kennenlernen, nicht um eine Verlobung. Es ging nur darum, dass die Eltern wussten, wer gemeint war, wenn Tina von Leon erzählte, mehr nicht. Sie hatten ihn zwar schon beim Abschlussball kurz gesprochen, aber dabei hatte es sich nur um den Austausch von belanglosen Floskeln im Getümmel gehandelt. Jetzt hatten sie ihn richtig kennengelernt.

Alle sahen das so und entsprechend unverkrampft und locker verlief das Treffen.

# Kochkünste

Woran Tina überhaupt kein Interesse hatte, war das Kochen. Sie wollte nun wirklich nicht als Hausmütterchen enden!

Ihre Mutter hatte das erkannt und quälte sie nicht damit. Natürlich musste die Tochter auch im Haushalt mithelfen und Küchenarbeit gehörte dazu. Da waren sie sich einig. Die Tochter fügte sich, auch wenn es ihr keinen Spaß machte. Aber großartige Belehrungen gab es nicht.

Trotzdem bekam Tina das eine oder andere mit und bereute es nicht. So würde sie nicht dumm dastehen, wenn es einmal notwendig sein sollte zu kochen.

Und dieser Augenblick sollte schneller kommen als gedacht. Es ergab sich, dass sie einen ganzen Tag allein mit Leon zu Hause war. Nun bekam sie Gelegenheit, mit ihren Kochkünsten zu glänzen. Sie bekochte ihren Liebsten und ließ sich dafür bewundern.

Es war nichts Besonderes, was sie machte, aber immerhin: ein richtiger Kaiserschmarrn. Leon, der überhaupt nicht kochen konnte, war schwer beeindruckt.

„Das ist ja fantastisch", lobte er seine Freundin in den höchsten Tönen.

„Ach, das ist doch nur ein Schmarrn", wiegelte Tina ab. „Es soll ursprünglich als ein misslungener Palatschinken in Österreich entstanden sein. Der Legende nach sollen Sissi und ihr Franzl, der Kaiser, etwas damit zu tun gehabt haben."

„Was du alles weißt! Nicht nur, dass du eine tolle Köchin bist, Köpfchen hast du auch noch", jubelte der begeisterte Leon.

Ist wohl doch etwas dran, wenn man sagt, dass Liebe durch den Magen geht! Na ja, um ehrlich zu sein: Leon war vorher schon verliebt, jetzt aber fühlte er sich wieder einmal bestätigt.

Tina, die kein Hausmütterchen werden wollte, stellte zu ihrem Erstaunen fest, dass ihr die Komplimente zusagten und dass sie sich durchaus vorstellen konnte, öfter für Leon zu kochen.

Im Anschluss zauberte sie noch einen Nachtisch, eine Schaumspeise, was auch nicht allzu schwer war, und ließ sich von Leon dabei helfen. Wer hätte gedacht, dass selbst der Junge Küchenarbeiten übernehmen konnte?

Er konnte und er tat es – mehr oder weniger ungeschickt. Aber der gute Wille zählte. Sie funktionierten fast wie ein altes Ehepaar.

Nie hätte Tina so etwas für möglich gehalten, aber es gefiel ihr!


Nach dem Essen verwöhnte Tina Leon nach allen Regeln der Kunst. Sie schaltete Fußball im Fernsehen an, stellte ihm Knabberzeug an die Couch und sorgte für ständigen Nachschub an Bier. Es war ein Männerparadies.

Später kuschelten sie miteinander auf der Coach und sahen sich eine Liebeskomödie an: „Harry und Sally" mit Meg Ryan – Tinas Lieblingsfilm.

Sie schliefen vor dem Fernseher ein.

Irgendwann später taumelten sie dann schlaftrunken und engumschlungen in Tinas Schlafzimmer.

Am nächsten Morgen brachte Leon seiner Liebsten das Frühstück ans Bett, küsste sie zärtlich und weckte sie schließlich vollends mit „Morning has broken" von Cat Stevens.

# Im Garten

Das Osterfest nahte. Die Natur hatte begonnen, sich nach dem Winter wieder zu entfalten. Tina war jetzt oft im Garten anzutreffen.

Sie liebte die Natur und alles, was blühte, besonders die bunten Blumen in ihrer Pracht und mit ihrem Duft. Tina ließ sich davon bei der Auswahl ihrer jeweiligen Parfums inspirieren.

Die kleinen Triebe zu hegen und pflegen, machte ihr Spaß. Es gefiel ihr, dass durch ihre Pflege so wunderschöne Pflanzen gediehen. Und allzu viel Arbeit brauchte sie sich auch nicht damit zu machen. Letztlich half ihr ihre Mutter, wenn es sich als nötig erwies.

Zum Muttertag revanchierte sich Tina bei ihrer Mutter mit einem Strauß wunderschöner selbstgezogener Blumen.

Aber zurück zu Ostern. Das sonnige Frühlingswetter zog Tina fast jeden Tag in den Garten. Am Montag vor Ostern aber bremste ihre Mutter, als Tina wieder zur Gartenarbeit hinauswollte.

„In der Karwoche darf man keine Gartenarbeit verrichten – sonst stirbt jemand", sprach sie mit erhobenem Zeigefinger.

Tinas Mutter hatte öfter solche Anfälle von Aberglauben. Sie musste das in ihrer Kindheit mitbekommen haben.

Allerdings würde sie das glücklicherweise ihrer Tochter nicht vermitteln können. Die war immun dagegen.

Entsprechend fiel Tinas Antwort aus:

„Wow, kann man sich aussuchen, wer?"

Ihre Mutter schaute verdutzt aus der Wäsche und japste:

„Kind, auf was für Gedanken du wieder kommst!"

Mehr hatte sie jedoch nicht vorzubringen und das Thema war erledigt.

Es wurde warm und sonnig, eben frühlingshaft und Tinas Laune stieg mit den Temperaturen.

Als schließlich die Obstbäume blühten, legte sich Tina mit Leon unter den Mirabellenbaum, der mitten in ihrem Garten stand. Er war von saftigem Gras umgeben, das einladend aussah.

Da lagen sie nun zusammen und genossen den Blick in den Blütenhimmel. Tief sogen sie den süßen Duft ein, der auf sie herabsank. Die Bienen summten fleißig, die Sonne schien, die Vöglein zwitscherten – es war wunderbar. Tina wünschte sich, die Zeit möge stehenbleiben.

Auch Leon hatte seine romantische Ader entdeckt und las ihr einige selbstgeschriebene Gedichte vor. Tina war begeistert.

Sie revanchierte sich, indem sie ihn mit „I will always love you" ansang, wobei sie zur Begleitung die Version von Whitney Houston auf ihrem Smartphone abspielte. Leon fühlte sich geschmeichelt und lobte sie:

„Das war fantastisch. Ich würde ja sagen, dass du das auf der Bühne singen solltest; nur bin ich mir nicht sicher, ob es mir gefiele, dass du deine Liebeserklärung ins Publikum singst anstatt nur zu mir."

„Keine Angst", lachte Tina. „Ich werde immer nur dich meinen, auch wenn ich es vor Publikum singe."

Dafür gab es einen dicken Kuss.


Sie blieben im Gras liegen, bis sie die erste Zecke entdeckten. Danach suchten sie sich gegenseitig nach Zecken ab. Sie fanden drei.

Aber auch das konnte ihnen den Tag nicht mehr verderben.


Der Baum wurde ihr Lieblingsplatz. Sie würden das ganze Jahr in seiner Gesellschaft verbringen.

Im Sommer würden sie sich wieder unter ihm einfinden und die süßen Früchte futtern, bis sie Bauchschmerzen bekamen.

Im Herbst würden sie sich in seinem Laub wälzen und herumalbern.

Zu Weihnachten würden sie ihn mit einer Lichterkette behängen.

Der Baum wurde ihr Vertrauter.

Gemeinsam umarmten sie seinen knorrigen, festen Stamm und fühlten sich eins mit der Natur und dem Universum.

# Ein Sprachkurs

Tina und Lucy hatten entdeckt, dass ihnen für englischsprachige Songs noch der richtige Zungenschlag fehlte. Bisher hatten sie sich noch nicht ausgiebig genug mit der englischen Sprache beschäftigt. Natürlich hatten sie die Grundlagen in der Schule gelernt, aber ihnen fehlte die Praxis, vor allem eine einigermaßen akzeptable Aussprache.

Inzwischen hatten sie mitbekommen, dass englischsprachige Songs die beliebtesten waren, ja, dass ohne Englisch auf dem internationalen Markt fast gar nichts lief. Ausnahmen gab es natürlich, aber leichter tat man sich eindeutig auf Englisch.

Es lief klar darauf hinaus: Sie mussten ihr Englisch aufpäppeln! Hier kam nun wieder ihr fester Wille zum Einsatz. Es blieb nicht bei der vagen Erkenntnis, etwas für ihr Englisch tun zu müssen, sondern sie taten tatsächlich etwas.

Sie googelten Sprachkurse in England, bis sie einen geeigneten gefunden hatten. Als Nächstes überredeten sie ihre Eltern, ihnen die Kosten für den Kurs und die Anreise zu spendieren und meldeten sich an.

Die Sprachschule, die sie sich ausgesucht hatten, befand sich in London. Besser ging es kaum. Nachdem sie alles gebucht hatten, harrten sie der Dinge, die da kommen sollten und packten ihre Koffer. Bald war der Tag der Abreise da.

Ihre Eltern brachten die Mädchen zum Flughafen und verabschiedeten sie tränenreich. Der Flug ging über Frankfurt nach Gatwick. Von dort fuhren sie mit dem Zug in die Stadt. Schließlich noch mit dem Taxi in die Schule.

In der Schule, einem stattlichen Gebäude im viktorianischen Stil, wurden sie freundlich von der Schulleiterin empfangen und eingewiesen. Alle waren sehr nett, und die Zimmer gefielen ihnen.

Selbst das Essen war nicht so schlecht wie sie befürchtet hatten. Beim Essen haben die Engländer bekanntlich einen anderen

Geschmack als die Leute auf dem Kontinent. In der Schule bemühte man sich jedoch, einerseits den Schülern das Typische der englischen Küche zu vermitteln, andererseits aber den Geschmack auch für Nicht-Engländer erträglich zu gestalten. Ein Balanceakt, der als gelungen bezeichnet werden konnte.

Die Kurse erwiesen sich als lehrreich und unterhaltsam. In der reichlich bemessenen Freizeit zogen die Schüler in kleinen Grüppchen durch die Stadt.

Für die Mädchen war Camden Town eine der ersten Stationen – das Zentrum des Brit Pop. Sie suchten die angesagten Szene-Pubs auf und fanden die Atmosphäre irgendwie edgy.

Das offizielle Programm war ideal mit gemeinsamen Exkursionen integriert. So lasen und besprachen sie im Unterricht Thomas Hardy's „Tess of the d'Urbervilles" und spielten das Finale am Originalschauplatz in Stonehenge nach.

Nach der Lektüre von Jane Austens „Pride and Prejudice" sahen sie sich die Verfilmung mit Keira Knightley an und fuhren zu den Drehorten wie Chatsworth House in Derbyshire.

Es wurde auch eine große Sightseeing-Tour veranstaltet, auf der sie zu den wichtigsten Sehenswürdigkeiten der Stadt chauffiert wurden: Houses of Parliament, Big Ben, Westminster Abbey, Tower, Kensington Palace, Windsor Castle, Picadilly Circus, Trafalgar Square, St. Paul's Cathedral, British Museum usw.

Unabhängig davon haben sich die jungen Leute das eine oder andere noch zusätzlich selbst angesehen.

Den Wachwechsel am Buckingham-Palace zum Beispiel wollten sie sich nicht entgehen lassen. Es war sogar möglich, den Palast zu besichtigen. Ein Gespräch mit den Royals wäre noch interessanter gewesen und sie machten sich den Spaß, danach zu fragen. Die äußerst seriösen Bediensteten,

die sie fragten, waren ob dieser Frage „not
amused", beantworteten sie aber mit erns-
ter Gesichtsausdruck: nein, das sei leider
nicht möglich. Die Mädchen setzten eine
traurige Miene auf, quiekten „What a pity!"
und kicherten dann los. Kein Problem: Die
Bediensteten bewahrten Contenance und
ignorierten die Albernheit der Mädchen.
Diese konnten den Royals dennoch begeg-
nen: in Madame Tussauds Wachfigurenka-
binett.

Weiter ging es. Den Blick über die Stadt
genossen sie vom London Eye aus.

Auch die Speaker's Corner in Hyde Park
besuchten sie. Ein Verrückter war gerade
dabei, vom Weltuntergang am nächsten
Tag zu predigen. Sie hörten sich das an,
ohne dem Typen Glauben zu schenken.
Dann suchten auch sie sich ein Eckchen
stellten sich auf und gaben ein paar ihrer
Lieblingssongs zum Besten. Nach und nach
sammelten sich ein paar Zuhörer und am
Schluss applaudierten sie den Sängerinnen.
Die fühlten sich in ihrem Plan bestätigt,

irgendwann vor großem Publikum aufzu-
treten.

An den verschiedenen Plätzen, die sie
besuchten, trafen sie immer wieder auf
junge Rucksacktouristen, die die gleichen
Orte aufsuchten. Viele von ihnen waren
amerikanische Teenies auf Europa-Tour.
Da man sich immer wieder sah, kam man
irgendwann ins Gespräch. Die Jugendli-
chen waren alle unkompliziert und bald
hatten sie sich angefreundet.

Im Unterricht und außerhalb, immer
wurde englisch gesprochen.

Der Unterricht wiederum wurde durch
interessante Diskussionen zu aktuellen po-
litischen Themen aufgelockert. Insgesamt
entstand so eine Verbundenheit der Teil-
nehmer untereinander. Es gab einige echt
coole Jungs in ihrer Class, und die Mädchen kamen ihnen näher. Man verbrachte
auch außerhalb des Unterrichts Zeit miteinander und tauschte untereinander Adres-
sen aus. Mehr aber nicht; schließlich hatten

sie Leon und Bob nicht vergessen. Immerhin entwickelten sich einige langjährige Brieffreundschaften daraus.

Am Schluss des Kurses sprachen die Mädchen fast akzentfrei Englisch und hatten in den Karaoke-Bars zum Gejohle der Meute massenhaft englische Titel gesungen. Ein weiterer Schritt auf dem Weg, ein Star zu werden, war genommen.

# Ein Event und erste Folgen

Wieder zu Hause angekommen, konzentrierten sich die Mädchen gleich wieder auf die Musikszene ihrer Stadt.

Und da tat sich etwas: Die Gluppies kamen in die Stadt – ein Mega-Event! Inzwischen kannte jeder die Band, eine noch relativ neue Boygroup, die gerade angesagt war. Tina wollte unbedingt mit Lucy hin. Sie bezeichneten sich als Fans der Gluppies. Besonders Johnny, der Lead-Sänger der Band, hatte es ihnen angetan. Sie liebten sein Timbre bei den tiefen Tönen.

Leon und Bob hatten keine große Lust, zum Konzert mitzugehen. Sie standen einfach nicht auf Boygroups. Tina fragte ihren Vater um Erlaubnis, das Konzert mit Lucy besuchen zu dürfen, und erhielt sie. Daddy spendierte ihnen die Tickets. Der Gute tat sogar noch mehr für seine Tochter und ihre Freundin.

Das kam folgendermaßen:

Herr Mayer, Tinas Vater, arbeitete bei einer Bank. Er war dort ein ziemlich großes Tier mit Kontakten zu Großkunden. Zu diesen gehörten auch Vertreter aus dem Management der Gluppies. Herr Mayer zog einen von ihnen ins Gespräch und erreichte, dass Tina und Lucy Backstage-Zugang bekamen und die Zusage, dass sich Johnny mit ihnen unterhalten würde.

Es wurde ein mega-geiler Abend. Das Konzert gefiel den Mädchen super gut. Danach wurde es noch besser. Sie trafen Johnny, der sich als richtig netter Typ erwies und auch die beiden Mädels cool zu finden schien.

Zunächst machten die beiden ein paar Selfies mit dem Star. Dann quatschten sie ein bisschen und lernten sich kennen. Es gab gute Vibes und bald schlug Johnny den Mädchen vor, etwas zu singen. Die beiden coverten „Happy" von Pharrell Williams und fühlten sich happy dabei.

Wow, das ging ab! Johnny war geflasht. Er machte den Mädchen die größten Komplimente und konnte sich kaum wieder einkriegen. Seine Begeisterung ging fast ein bisschen zu weit.

Es hatte nämlich den Anschein, als ob er Tina anflirten würde. Sah er ihr nicht ein bisschen zu tief in die Augen? Und anderswohin?

Einerseits fühlte sich Tina geschmeichelt, andererseits gefiel ihr das nicht wirklich. Johnny war ihr sympathisch und sie mochte ihn – aber nicht so! Schließlich gab es da noch Leon. Außerdem war sie doch kein Groupie!

Tina bemühte sich, nett zu Johnny zu sein, ohne ihm etwas vorzumachen. Es funktionierte. Im Gespräch ließ sie nebenbei eine Bemerkung über ihren „festen Freund Leon" fallen. Johnny verstand und respektierte die Grenzen.

Er hatte kein Problem damit. Öfter mal testete er seine Marktchancen beim anderen Geschlecht aus, ohne sich allzu viel dabei zu denken. Manche Mädchen lösten das einfach bei ihm aus und oft genug hatte er Erfolg mit seinen Avancen. Tina hatte ge-

nau in sein Beuteschema gepasst, ohne dass
es ihr bewusst gewesen wäre.


Aber das war jetzt gegessen. Johnny kam
schnell wieder zur Sache:

„Der Sound eurer Stimmen ist echt geil.
Ihr harmoniert gut miteinander. Wir sollten
mal probieren, wie wir zu dritt klingen."

Sie versuchten es und es hörte sich gut
an. Die Mädchen waren natürlich noch un-
geübt, aber Johnny sah eine Chance für sie:

„Ihr braucht nur einen Vocal Coach. Ein
paar Stunden dürften reichen. Das wird
schon was mit euch", machte er den beiden
Mut.

Dann könne man sich auf eine kleine
Sensation gefasst machen, prophezeite er
noch. Er schlug den Mädchen vor, es einmal zu versuchen. Wenn sie sich bewähren
würden, könnte man darüber nachdenken,
sie in die Band aufzunehmen. Tina und
Lucy stimmten begeistert zu und man verabschiedete sich. Bussi, Bussi.

Wie besprochen nahmen die Mädchen als nächstes mehrere Gesangsstunden: Atemtechnik, Stimmbildung, das ganze Programm. Ein wenig nervte es schon, aber da mussten sie jetzt durch. Sie zwangen sich durchzuhalten und legten sich mächtig ins Zeug. Mit Erfolg. Sie schienen wirklich Talent zu haben.

Wie besprochen verabredeten sie sich als nächstes mit Johnny zu gemeinsamen Proben.

Die Proben erwiesen sich als vielversprechend. Ein Volltreffer. Bald hatten sie einen Gig in einer Szene-Location. Sie kamen krass an und verstanden sich ausgezeichnet.

Wenn es nach Johnny gegangen wäre, hätten die beiden Mädchen sofort in die Band aufgenommen werden können, aber es ging nicht nur nach ihm. Die anderen Bandmitglieder und das Management hatten ein Wörtchen mitzureden. Die anderen Jungs konnte Johnny bequatschen. Sie ließen sich zu gemeinsamen Proben überreden und die Sache lief fabelhaft.

Blieb noch das Management.

Da musste Tinas Vater nochmal ran. Er kannte doch die Manager von der Bank her. Könnte er nicht mit ihnen reden?

Tina bekniete ihren Papa, bis sie ihn soweit hatte. Ursprünglich hatte er sich zwar geziert und gesträubt. Das wäre mehr, als er von den Leuten verlangen könne, hatte er sich gewunden und gefragt, wie bitteschön er das anstellen solle: Es seien schließlich nur Geschäftspartner und keine engen Freunde.

Tina hatte ihm Honig ums Maul geschmiert:

„Wenn einer das schafft, dann du, Papa. Mit deiner Ausstrahlung wickelst du die doch um den Finger!"

Papa fühlte sich geschmeichelt und wollte Töchterchen nicht enttäuschen. So willigte er schließlich ein, es zumindest einmal zu versuchen.

Also lud Herr Mayer die Verantwortlichen zu einem Arbeitsessen ein, besprach einige für beide Seiten interessante Finanzprojekte mit ihnen und kam zum Schluss auf sein Töchterchen zu sprechen. Er kehrte den fürsorglichen Vater heraus, erzählte von der guten Zusammenarbeit der Mädchen mit der Band und hob hervor, dass ein gemeinsames Auftreten der Mädchen mit der Band Vorteile für beide Seiten haben könnte. Um das zu belegen, bot er ihnen an, die Chancen eines gemeinsamen Auftretens von einer unabhängigen externen Marktforschungsagentur abschätzen zu lassen. Die Kosten dafür würde er tragen.

Er versuchte, den Managern die Sache noch schmackhafter zu machen, und bot ihnen eine Wette an. Er hätte da einen Aktientipp, den er ihnen verraten würde. Er kannte sich gut in der Chartanalyse aus und hatte eine interessante Formation bei einem Einzelwert entdeckt. Herr Mayer schlug den Herren nun vor, für sie die Papiere zu kaufen. Sollte die Spekulation schieflaufen, würde er ihnen die Verluste ersetzen. Sollte die Spekulation aber aufgehen und ordentlich Gewinn abwerfen, so müssten die Manager die Möglichkeit der Zusammenarbeit der Mädchen mit der Band wohlwollend prüfen.

Stattliche Gewinne winkten und das Risiko war ausgeschaltet. Was will man mehr? Da es sie nichts kosten würde, stimmten die Manager in ihrer feucht-fröhlichen Laune am Ende zu.

Damit lautete die Schicksalsfrage, wie sich der Aktienkurs entwickeln würde. Das Schicksal meinte es gut mit Tina. Der Aktientipp erwies sich als goldrichtig.

Herr Mayer indes war überzeugt, dass es sein Verdienst war, die Zeichen richtig erkannt und gedeutet zu haben.

Nun stand demnach die Überprüfung einer möglichen Zusammenarbeit an.

Ein Termin zur probemäßigen Zusammenarbeit wurde ausgemacht. Die erweiterte Band traf sich zum Vorsingen. Sie sangen „Shape of my Heart" von den Backstreet Boys. Die Mädchen teilten sich ihre Parts. Um ihre verschiedenen Stimmfarben zur Geltung zu bringen, sang Tina jeweils die Strophe und Lucy den Refrain. Es war perfekt. Beide trafen die Töne, brachten viel Gefühl in die Interpretation ein und legten eine hinreißend choreographierte Performance hin.

Die Agentur hatte Herr Mayer in Absprache mit dem Management der Gluppies ausgewählt. Beauftragt hatte er sie, da er sie auch bezahlen sollte. Also fungierte er als Ansprechpartner und konnte seine Erwartungen durchblicken lassen.

Das Gutachten fiel dementsprechend positiv aus, wobei das allerdings auch verdient war; denn die Mädchen waren wirklich gut. Herr Mayer präsentierte das Gutachten den Managern der Band bei einem weiteren Arbeitsessen mit Champagner. Man verstand sich ausgezeichnet; auch die Manager erzählten von ihren Töchtern. Am Ende wurde beschlossen, die beiden Mädchen bei den Gluppies mitmachen zu lassen.

Die Verträge wurden aufgesetzt und den Mädchen und ihren Eltern vorgelegt. Leider waren sie sehr einseitig formuliert. Das Management der Gluppies hatten alle Rechte, die Mädchen keine, dafür hatten die Mädchen alle Pflichten, die Manager keine.

Tinas Vater versuchte vorsichtig, das zur Sprache zu bringen.

Tom, der Sprecher des Managements, machte ihm die Sachlage klar:

„Sorry, das ist der Deal. Dies ist das einzige Angebot, das wir euch machen können. Es ist nicht verhandelbar. Take it or leave it. Ihr braucht natürlich nicht zu unterschreiben. Die Sache ist doch die: Ihr wollt etwas von uns, nicht wir etwas von euch."

Tom, ein Deutsch-Amerikaner, pflegte einen lockeren Umgangston mit Tina und ihrem Vater. Man duzte sich inzwischen. Trotzdem wussten alle, dass Tom knallhart bei seinen Positionen blieb. Gerade in diesem Fall saß er nun einmal am längeren

Hebel und ließ sie es spüren. Daran gab es nichts zu rütteln.

Während Herr Mayer noch überlegte, ob er hoch pokern sollte, fuhr ihm Tina schon in die Parade. Sie geriet in Panik. Wollte ihr Vater in letzter Sekunde die ganze Sache zum Platzen bringen?

„Natürlich unterschreiben wir!", schrie sie laut und Lucy fiel begeistert mit ein.

Tinas Vater zuckte die Achseln. Gegen die Entschlossenheit seiner Tochter kam er nicht an. Wohl oder übel musste auch er zustimmen.

Damit war alles unter Dach und Fach.

Neue Songs für die erweiterte Band wurden geschrieben, wobei Tinas Vater es im Vorfeld hatte erreichen können, bei den Texten mitzumischen zu dürfen. Er hatte einige Erfahrung im Verfassen von Texten, nicht nur beruflich, sondern auch privat. Nicht zuletzt schrieb er gern Gedichte. Somit konnte er sich als nützlich erweisen.

Er schrieb den Text für einen Song, der sich später zu einem Hit entwickeln sollte. Er ging ungefähr so:

## Magic Spell

Wow, that girl has got me. Witchcraft, witchcraft! I am bewitched.

This must be sorcery, the sorcery of love.

I am a victim of love. It must be eternal love.

I wish, she loved me, too. If only I could gain her love. Her love in return of mine.

Oh, girl, my girl, be my girl, my girl forever!

I fell in love with you – I wish you felt the same for me.

I ask the power of love for help: Help me, if I can be helped at all.

Oh yeah, there is a solution. Oh yeah! I will be saved!

Girl, my girl, hear the magic spell that makes you fall in love with me.

I yell it out at you:

Havyacatchagotchababe, alltagoltamuchagawa,

Tantaratantra, mantalamanda,

Gloramoroloro, yolodomomodo.

Oh, oh, oh!

Look, how she comes into my arms.

Hi, baby, stay with me forever:

Havyacatchagotchababe, alltagoltamuchagawa,

Tantaratantra, mantalamanda,

Gloramoroloro, yolodomomodo.

It works, my magic spell, it works all day and night, my dear. For I will be in love with you for the rest of my life.

Havyacatchagotchababe, alltagoltamu-chagawa,

Tantaratantra, mantalamanda,

Gloramoroloro, yolodomomodo …

So lautete der erste Entwurf. Er wurde dann noch ein paar Mal überarbeitet.

Dazu wurde eine passende Melodie komponiert und die Band übte den Song ein. Allen gefiel er.

Weitere Songs kamen hinzu.

Eine Kampagne wurde gelauncht und ein erstes Konzert in Berlin geplant. Alle Vorbereitungen liefen an, die Werbetrommel wurde gerührt und die Mädchen konnten es kaum erwarten.

Alles war in Butter.

# Krankheit

Der Zeitplan stand. Die erste gemeinsame Vorstellung sollte in wenigen Wochen stattfinden.

Da wurde Tina krank.

Das hatte ihr jetzt gerade noch gefehlt. Sie brauchte die Zeit, sie brauchte ihre Energie, aber ihr Körper spielte nicht mit.

Eigentlich handelte es sich nur um eine Erkältung. Es wäre nicht so schlimm gewesen. Leider steckte jedoch mehr dahinter: Es schien ein Zusammenbruch zu sein, der durch die große Anspannung der letzten Zeit ausgelöst worden war. Psychosomatische Ursachen spielten wohl eine Rolle.

Jetzt trat Tinas Mutter auf den Plan. Sie übernahm die Regie, schickte Töchterchen ins Bett, pflegte und verwöhnte sie. Das Entscheidende war jetzt die Ruhe. Tina brauchte nichts mehr zu tun. Ihre Mutter kümmerte sich um alles. Das Mädchen kehrte in die Geborgenheit ihrer Kindheit zurück und konnte sich endlich entspannen.

Und die Erkältung?

All die kleinen Hausmittelchen der Mutter, an die Tina eigentlich nicht glaubte, kamen zur Anwendung. Zunächst packte Frau Mayer ihre Tochter ins Bett und ließ sie schwitzen. Zu dem Zweck musste das kranke Mädchen unzählige Tassen heiße Milch mit Honig trinken. Hinzu kamen Zwiebel- und Holunderblütentee. Dann ein Fichtennadel-Dampfbad, dann massierte die Mutter die Brust ihrer Tochter mit Eukalyptusöl ein. Schließlich gab es Quarkwickel und ab und zu kamen Kamillendampfinhalationen zur Anwendung.

Tina widersprach nicht. Sie vertraute ihrer Mutter und wollte schnell wieder gesund werden.

Obwohl Tinas Mutter auf Hausmittel schwor, war sie der Schulmedizin gegenüber auch nicht abgeneigt. Sie verabreichte ihrer Tochter noch Schleimlöser, Halstabletten und Vitamin C. Außerdem schleppte sie sie zu ihrem Hausarzt, der ihr ein Antibiotikum verschrieb.

So konnte es nicht überraschen, dass das Maßnahmenbündel wirkte. Nach einer Woche ging es Tina besser und nach zwei Wochen war sie wieder topfit.

Die Tochter bedankte sich bei ihrer Mutter. Es war gerade noch rechtzeitig, dass sie gesund geworden war. Am Abend des nächsten Tages starteten die Proben.

Tina fuhr mit Leon hin. Sie hatte sich das Auto ihres Vaters geliehen und saß am Steuer. So aufgeregt war sie, dass ihre Gedanken abschweiften, besonders, wenn sie an einer Ampel anhalten musste. Sie malte sich aus, wie es wäre, ein Star zu sein. Sie würde von allen in der Klasse bewundert werden …

„Grüner wird's nicht", weckte Leon sie aus ihren Träumen.

„Entschuldigung", gluckste sie, gab Gas und fuhr weiter.

Ab jetzt konzentrierte sie sich – nicht nur aufs Autofahren, sondern auch auf die Proben.

Die Proben liefen perfekt. Sie lagen im Zeitplan. Es konnte losgehen.

# Der Durchbruch

Dann kam er, der erste große Auftritt. Der Saal war zum Bersten gefüllt, ausverkauft bis auf den letzten Platz. Tina war noch nie auf einer so großen Bühne vor so viel Publikum aufgetreten. Sie wandte sich Leon zu:

„Wünsch mir Glück!"

Leon umarmte sie und flüsterte ihr ins Ohr:

„Viel Glück und hab Spaß! Dies ist dein Tag."

Dann fügte er noch hinzu:

„Ich liebe dich."

Tina hauchte: „Ich liebe dich auch."

Mit dem Bewusstsein dieser Liebe drehte sie sich um und schritt voran.

Tina überwand ihr Lampenfieber. Das war es doch, worauf sie sich immer gefreut hatte. Genau das wollte sie: im Rampenlicht stehen.

Sie ging festen Schrittes hinaus auf die Bühne. Beifall schlug ihr entgegen. Sie winkte dem Publikum zu und der Beifall verstärkte sich. Jede ihrer Bewegungen spiegelte sich in einer Reaktion des Publikums wider – ein gigantisches Gefühl.

Es ging los. Tina konzentrierte sich auf die Musik und die Performance. Die Moves kamen wie von selbst und sie ging völlig in der Musik auf. Wie auf Wolken schwebte sie – vollkommen schwerelos und glücklich. Die Scheinwerfer blendeten sie nicht, sie leuchteten in ihrem Kopf und strahlten wiederum aus ihr. Alles in ihrem Kopf war Licht, das explodierte, mit ihrem Gesang aus ihr herausbrach und sich mit dem Gekreisch der Fans vermischte. Sie fühlte sich eins mit der Masse und doch herausgehoben. Sie war das Sprachrohr all dieser Menschen, sie war ihre Stimme.

Lucy ging es genauso. Sie stand neben Tina. Beide fühlten sich eng verbunden durch dieses gemeinsame Erlebnis. Sie waren beste Freundinnen und fühlten es in diesem Augenblick ganz intensiv. Sie legten zusammen eine Hammervorstellung hin. Das Publikum tobte. Es war ein Riesenerfolg.

Nach der Vorstellung feierte sie noch ausgiebig mit der Band, Lucy, Leon und Bob. Die Mädchen erhielten eine Champagnerdusche. Nach der ersten Überraschung tauschten sie ihre nassen T-Shirts gegen Pullover und amüsierten sich weiter.

Zu vorgerückter Stunde brachte Johnnys Chauffeur die Mädchen nach Hause. Tinas Eltern waren noch aufgeblieben. Auch sie waren zu aufgekratzt, um schlafen zu gehen. Sie gratulierten ihrer Tochter noch einmal und wünschten ihr dann eine gute Nacht.

Als Tina schließlich in ihr Bett fiel, gönnte sie sich noch „I feel good" von James Brown. Danach schlief sie wie ein Baby.

Die Nachricht von ihrem Durchbruch verbreitete in Windeseile in den Medien. Es stand in der Zeitung, kam im Radio, sogar im Fernsehen. Jeder kannte sie am nächsten Tag.

Besonders „Magic Spell" schlug ein wie eine Bombe. Die eingängige Melodie passte zum Text wie die Faust aufs Auge. Es wurde ein Ohrwurm.

# Endlich ein Star

Tina wurde begehrter Gast in allen möglichen Talkshows. Durch ihre natürliche Ausstrahlung kam sie gut rüber. Die Zuschauer mochten sie. Man sprach über sie, Journalisten interviewten sie, hofierten sie. In den sozialen Medien wurde sie gefeiert, ihre eigenen Posts bekamen Klicks in Millionenhöhe – ohne dass sie irgendetwas dafür tun musste.

Man hätte sie fast als ein It-Girl bezeichnen können. Sie hatte das gewisse Etwas, ein Charisma, das alle verzauberte. Zu allen möglichen Promi-Partys wurde sie eingeladen, traf dort auf VIPs und solche die es gerne wären. Letztere waren leider in der Überzahl. Bei diesen Leuten wusste keiner so recht, warum sie eigentlich berühmt waren. Sie machten einfach von sich reden. Ob sie nun ein übertrieben gewagtes Outfit trugen oder durch einen wohlkalkulierten Fauxpas provozierten, sie taten alles, um eine weitere Woche im Gerede zu bleiben. Die Boulevardpresse unterstützte sie dabei. Es handelte sich um eine Art Symbiose: Die Presse verhalf den Pseudo-VIPs zu Publicity und jene lieferten immer neuen Stoff für eigentlich völlig belanglose Schlagzeilen.

Diese Spielchen hatte Tina nicht nötig. Sie leistete etwas mit ihrem Gesang. Da hatte sie etwas erreicht, womit sie identifiziert werden konnte, worauf sie stolz sein konnte und wofür sie zu Recht Ruhm geerntet hatte. Auf diese ihre Musik konzentrierte sie sich auch weiterhin.

Sie machten Aufnahmen ihrer Songs im Tonstudio. Leon begleitete Tina und Lucy dorthin. Während die Mädchen sangen, interessierte sich Leon hauptsächlich für das Mischpult. Technische Spielereien faszinierten ihn. So verging die Zeit, während die Aufnahmen immer weiter verbessert wurde, bis sie perfekt waren.

Schließlich war es soweit, das Ergebnis auf den Markt zu bringen. Es war ihr Debütalbum und es stürmte die Charts auf Anhieb. Die Einnahmen sprudelten wie verrückt. Die Mädchen schwammen im Geld. Ihre Eltern mahnten sie zur Mäßigung beim Geldausgeben und halfen ihnen, das Geld zukunftssicher anzulegen.

Der Verkauf von Merchandising-Artikeln spülte weiteres Geld in die Kasse. Hinzu kamen lukrative Aufträge für Influencer-Marketing im Netz.

Fotolizenzen brachten noch mehr. Sie mussten zu Fotoshootings am laufenden Band!

Den Eltern war die Fotografiererei nicht ganz geheuer, aber sie konnten sich auf Leon und Bob verlassen. Die beiden Jungs achteten mit Argusaugen darauf, dass die Mädels nicht zu anzüglich in die Kamera lächelten.


Mit ihrem Ruhm kamen auch die Nachfragen nach Auftritten. Sie wurden in diversen Clubs gebucht, fürs Radio und sogar für die Musikeinlage einer Fernseh-Show. Weitere folgten.

Ihre Hits wurden millionenfach heruntergeladen und waren bald in aller Munde. Sie wurden in den Clubs rauf- und runtergespielt. Alle tanzten dazu, alle lobten sie. In der Schule waren die Mädchen die Größten. Viele baten sie um Tipps, was zu tun wäre, um ein Star zu werden. Tina riet ihnen, vor allem an sich selbst zu glauben und dem Glück eine Chance zu geben, das heißt, in Kontakt mit der Musikszene zu treten, mit den Leuten zu sprechen, zu musizieren.

Tina verteilte Backstage-Tickets und gab Autogramme. Bald galt sie als das beliebteste Mädchen der Schule und wurde zur neuen Klassensprecherin gewählt. So konnte es weitergehen.


Zur Schule wurden die beiden Stars in einer Limousine gebracht und bis ins Klassenzimmer von Security begleitet. Das hatte durchaus seinen Grund.

Beim Management der Band waren Drohungen gegen die Mädchen eingegangen. Das ging bis hin zu Morddrohungen. Wahrscheinlich kamen sie von irgendwelchen weiblichen Fans des Lead-Sängers Johnny, völlig ausgeflippten Teenies, die keine anderen Mädchen in der Nähe ihres Idols duldeten. Johnny war bekannt dafür, dass er überall gebrochene Herzen zurückließ.

Nicht dass man alle diese jungen Dinger hätte ernst nehmen müssen, aber es könnte doch immer eine dabei sein, die tatsächlich durchdrehte. Es liefen so viele Verrückte da draußen herum. Man konnte kein Risiko eingehen.

An noch etwas hatten sie sich schnell gewöhnt: Immer schwirrten ein paar Paparazzi um die beiden herum. Was sie auch taten, nirgends hatten sie Ruhe vor ihnen. Sie konnten zum Friseur gehen, zum Essen, zum Arzt oder in den Club, immer wurden sie fotografiert und dazu befragt: Ob sie mit ihrem Haarschnitt etwas Bestimmtes bezweckten, ob sie beim Essen eine Diät einhielten, ob der Arzt eine Krankheit festgestellt hätte, ob sie sich im Club gut amüsierten …

Die ganzen Geschichten konnten sie später in den Boulevardblättern nachlesen. Da standen dann Dinge über sie, von denen sie gar nichts wussten und die mit der Wahrheit nicht das Geringste zu tun hatten. Wen kümmerte es?

Als das Überraschendste für sie selbst erwies sich, dass sie tatsächlich alles nachlasen, ja die Artikel sogar sammelten. Ihre Eltern legten Aktenordner an, in denen sie alles einsortierten, was über ihre Kinder geschrieben wurde.

Die Töchter nahmen es mit einem Lächeln zur Kenntnis. Es freute sie, dass ihre Eltern stolz auf sie waren. Dann war der Rummel doch zu etwas gut, dachten sie sich.

Nach außen hin gaben sie sich genervt von der Aufmerksamkeit, die sie genossen, aber insgeheim wollten sie sie nicht missen. Das war Teil des Geschäfts, das gehörte zum Ruhm dazu.

Leider gehörte noch mehr dazu, ausgesprochen Unappetitliches. Im Netz tauchten Nacktfotos der beiden auf, eindeutig mit Fotoshop-Software manipuliert. Ein klarer Fall von Cyber-Mobbing.

Ihre Eltern engagierten einen Anwalt, einen Profi, der auf Internetkriminalität spezialisiert war. Diesem gelang es in Zusammenarbeit mit der Polizei, den Übeltäter dingfest zu machen. Es stellte sich heraus, dass der die Mädchen gar nicht persönlich kannte. Er wollte nur Aufmerksamkeit als Trittbrettfahrer erringen. Die Bilder wurden aus dem Netz entfernt und der Übeltäter verurteilt.

Die Mädchen konnten sich wieder auf ihre Karriere konzentrieren.

## On Tour

Als Nächstes folgte eine Promotion-Tour der Band durch die Republik.

Sie jetteten von Ort zu Ort, traten in den größten Locations auf und übernachteten in Fünf-Sterne-Hotels. Immer hatten die beiden Mädels direkt nebeneinanderliegende Zimmer und alberten abends noch lange miteinander herum. Beliebig lange indes auch nicht. Die Mütter der Mädchen waren mitgereist und achteten darauf, dass die beiden nicht vollends über die Stränge schlugen.

Die Schule musste in dieser Zeit leider entfallen. Gar zu traurig waren die Mädchen darüber nicht. Sie konnten sich auch so amüsieren.

Es hatte die Eltern und das Management einige Überredungskunst gekostet, mit den Behörden eine zeitweilige Freistellung der beiden Mädchen vom Unterricht auszuhandeln, aber letztlich war es gelungen. Eine der Auflagen war indes, dass sie in der fraglichen Zeit eine Art Ersatzunterricht von einem Privatlehrer erhielten. Der Privatlehrer war vom Management engagiert worden, ein noch relativ junger Typ, der sie eine Stunde pro Tag quer durch alle Schulfächer hetzte. Er hatte jedoch eine lustige Art, die Mädchen mochten ihn und brachten den Unterricht ohne Probleme hinter sich.

Zeit für Hausaufgaben hatten sie ohnehin nicht. Zu voll war ihr Terminplan: Proben und Coaching, Aufführungen natürlich und alle möglichen Treffen mit furchtbar wichtigen und furchtbar langweiligen Persönlichkeiten.


Auf ihrer Tour kamen die erweiterten Gluppies auch in Tinas Heimatstadt. Alle ihre Freunde und Freundinnen kamen zur Vorstellung, selbstverständlich auch Leon, der einen Ehrenplatz erhielt, ebenso wie ihre Eltern. Daddy war schließlich der Held, derjenige, der ihr das alles überhaupt ermöglicht hatte. Und ohne ihre Mutter wäre sie nicht rechtzeitig wieder gesund geworden.

Die Vorstellung war ein Traum. Tina vergaß sich selbst vollkommen, so sehr ging sie in der Musik auf. Der Saal tobte. Frenetischer Applaus brandete immer wieder auf und Tina badete darin. Sie breitete die Arme aus und genoss den Augenblick: Alle liebten sie und sie liebte alle. Die ganze Welt lag ihr zu Füßen.

Tina kam nach der Vorstellung zu ihren Eltern und fiel ihnen um den Hals. Sie war so unendlich dankbar, dass sie sie hatte.

Die Eltern freuten sich für das Töchterchen und überließen die jungen Leute dann sich selbst.

Tina umarmte Lucy und Leon. Zusammen mit ihren Freunden gingen sie feiern. Sie platzte fast vor Glück. Jetzt war sie tatsächlich ein Star. Ihr Traum hatte sich erfüllt.

War das jetzt die Folge ihres festen Willens? Zum Teil schon. Ohne ihren Willen zum Erfolg hätte sie die Gelegenheit, die sich ihr bot, nicht beim Schopf gepackt.

Mehr noch: Ohne ihren Willen, etwas mit Musik zu machen, hätte sie sich nicht für Musik interessiert, hätte sie die Veranstaltung der Gluppies gar nicht besucht, hätte sie die Gelegenheit zu ihrer Karriere nie erhalten.

Den festen Willen aufzubringen – das war das, was man in der Mathematik so schön eine notwendige, aber nicht hinreichende Bedingung nennt. Der feste Wille war notwendig, um den Erfolg zu erreichen, aber er allein reichte nicht aus. Das Quäntchen Glück musste dazu kommen.

In ihrem Fall war es das Eingreifen ihres Vaters, das den Ausschlag gegeben hatte. In anderen Fällen mögen andere Personen zu Hilfe kommen. Es sind die Menschen, die wir lieben und die uns lieben, die auf einmal auftauchen und den Unterschied machen. Tina hatte das verstanden.

So gesehen machte es ihr auch nichts aus, den Erfolg nicht allein errungen zu haben. Sie fühlte sich von der Liebe ihrer Familie getragen. Auch Leon hatte sie unterstützt. Und Lucy. Sie teilte ihr Glück mit ihnen. Geteiltes Glück ist doppeltes Glück!

Mit all dieser Unterstützung würde sie auch die Herausforderungen, die die Zukunft für sie bereithielt, meistern können.

Sie war glücklich.

War sie es wirklich? Sie musste doch schließlich glücklich sein: Sie hatte das bekommen, was sie sich am meisten gewünscht hatte. Trotzdem fühlte sie eine gewisse Wehmut.

Wie das? Dies war doch ihr Traum, ihr Ziel. Was sollte sie sich nun noch wünschen? Alles Denkbare verblasste neben ihrem großen, nun erfüllten Wunsch.

Ähnliches hatte sie als Kind zu Weihnachten erlebt: Die Vorfreude war die schönste Freude. Zu Weihnachten war es damit vorbei.

Menschen sind so. Sie brauchen etwas, worauf sie hinsteuern können, sei es ein diesseitiges Ziel oder das Jenseits. Die Verwirklichung enttäuscht oft.

Tina war nun ziellos geworden, was das Diesseits betraf. Um das Jenseits hatte sie sich bisher nicht gekümmert. Sie glaubte vage an etwas, das ihrem Leben einen Sinn gab. Ihre Eltern hatten ihr ihre Religion vorgelebt. Sie selbst hatte sich nicht allzusehr damit auseinandergesetzt. Das tat sie auch jetzt nicht.

Trotzdem begann sie, den Sinn in den kleinen Dingen des Lebens zu würdigen. Das ist eine Art neuer Religiosität, ohne dass sie als solche bezeichnet wird: Auf einen Sinn des Lebens zu vertrauen und diesen in den täglichen Pflichten und Vergnügungen zu erfüllen, Dankbarkeit zu empfinden, auch wenn man sie nur vage adressieren kann.

Das Privatleben erlangte eine neue, stärkere Bedeutung für Tina, vielleicht, weil es inzwischen nicht mehr selbstverständlich war, einen Augenblick Privatsphäre zu genießen. Umso kostbarer schätzte sie diese Augenblicke ein.

Tina sehnte sich danach, den Trubel hinter sich zu lassen und nach Hause zu ihren Eltern zurückzukehren. Dies war ihr Ruhepol, ihre Verankerung. Sie erkannte, dass so etwas wichtiger war als ihre Erfolge als Star.

Früher hatte sie geglaubt, ein Star zu werden, wäre das Wichtigste in ihrem Leben. Jetzt hatte sie erkannt, dass sie das Wichtigste schon immer gehabt hatte. Es waren die Menschen, die sie liebte. Darauf kam es an.

Diese Erkenntnis sollte sich für Tina noch als nützlich erweisen.

# Eine Gewissensfrage

Der Erfolg hielt eine ganze Weile an. Jeder Tag erwies sich als schöner als der vorige.

Nun gehört es zum Wesen des Menschen, dass das Leben nicht immer gleichmäßig schön sein kann. Jeder weiß, dass man sich auf seinen Lorbeeren nicht ausruhen kann, dass es immer Veränderungen gibt und geben muss. Gäbe es sie nicht, würden die Glücklichen ihres Glückes überdrüssig werden. Auf Dauer glücklich zu sein, gelingt nur den wenigsten, und diesen gelingt es durch Maßhalten und Verzicht. Epikur hat dazu Ratschläge gegeben.

Von Epikur wussten Tina und Lucy nichts. Sie freuten sich einfach ihres Glückes und dachten, dass es immer so weitergehen würde.

Die Alternative zum inneren Verfall der Dauerbeglückten besteht darin, dass äußere Umstände den flüchtigen Glückszustand beenden. Manchmal erweist sich das sogar als vorteilhaft für die Betroffenen, insbesondere für ihre Persönlichkeit.

Ein äußeres Ereignis brach auch in die rosarote Welt von Tina und Lucy herein.

Eines Tages entschied das Management der Gluppies, dass zwei Mädchen eine zu viel seien. Eine müsse gehen. Ihre Wahl fiel auf Lucy. Lucy flog raus.

Diese verflixten Verträge, die sie seinerzeit so blauäugig unterschrieben hatten, ließen das leider zu.

Lucy konnte einem leidtun. Das arme Mädchen war am Boden zerstört.

Und Tina?

Tina wusste zunächst nicht, was sie machen sollte. Theoretisch hätte sie bei der Band bleiben können. Aber dann hätte sie ihre Weggefährtin am Wegesrand zurücklassen müssen. So etwas tut man nicht.

Hinzu kam, dass Lucy ihre beste Freundin war. Da musste Tina Solidarität beweisen. Inzwischen wusste sie, dass Familie, Freundschaft und Liebe mehr zählen als Ruhm und Erfolg.

Sie brauchte nicht lange, um sich zu entscheiden.

So schnell wie möglich traf sie sich mit Tom, der immer noch ihren Ansprechpartner beim Management darstellte, und teilte ihm mit:

„Wenn Lucy gehen muss, gehe ich auch."

Tom erwiderte trocken:

„Dann müssen wir uns wohl trennen."

Er pausierte einen Moment. Sein versteinertes Gesicht entspannte sich und er lächelte sogar, als er hinzufügte:

„Ich kann dich natürlich verstehen. Deine Haltung spricht für dich. Du hast Charakter. Für uns geht allerdings das Geschäft vor. Das ist unser Job, dafür werden wir bezahlt. Tut mir wirklich leid für dich."

Tina fand, das Gesülze am Schluss hätte er sich nun auch schenken können. Sein geheucheltes Verständnis brauchte sie nicht. Es tröstete sie nicht im Geringsten. Im Gegenteil: Dass der Kerl versuchte, eine menschliche Seite zu zeigen, störte ihr Bild eines Blödmannes, das sie sich gerade von ihm machte. Es beeinträchtigte sie nur in ihrer Wut, die sie auf das Management empfand.

Sie wollte sich als Heldin fühlen, nach dem Motto: „Ich für Lucy gegen all die Blödmänner dieser Welt".

Und so fühlte sie sich auch, als sie hinausstürmte und die Tür hinter sich zuknallte.

Abends erzählte sie ihren Eltern von der Auseinandersetzung. Ihr Vater meinte:

„Immer mehr verfestigt sich bei mir der Eindruck, dass dieser Tom ein ziemlicher Armleuchter ist."

Tina stimmte zu:

„Mit dieser Einschätzung dürftest du sicher nicht allein dastehen."

Herr Mayer verspürte das Bedürfnis, seiner Tochter noch etwas mitzuteilen:

„Du hast dich gut entschieden. Bei so einer Entscheidung allgemein von ‚richtig' oder ‚falsch' zu sprechen, würde die Existenz eines absoluten Bewertungsmaßstabs voraussetzen. Einen solchen gibt es nicht. Über Bewertungsmaßstäbe kann man streiten. Dein Maßstab war, ein ‚guter Mensch' zu sein. Deshalb habe ich deine Entscheidung ‚gut' genannt. Ein Zyniker hätte wahrscheinlich andere Maßstäbe angelegt. Ich teile jedoch Deinen Maßstab mit dir und bin stolz auf dich."

„Danke, Papa", antwortete Tina und fühlte sich besser.


Als nächstes erzählte Tina Leon von dem Desaster. Der versuchte sie zu trösten und stimmte in ihre Empörung über Tom ein. Gemeinsam schimpften sie über das Management der Gluppies.

Als sie sich wieder ein wenig beruhigt hatten, meinte Tina:

„Na ja, vielleicht ist es besser so. Jetzt haben wir wieder mehr Zeit für uns."

Leon schwieg betreten.

Tina zog ihn auf:

„Du hättest wenigstens so tun können, als ob es witzig wäre."

„Haha", entgegnete Leon, nahm sie in den Arm und drückte sie. Tina vergaß für einen Augenblick ihren ganzen Ärger.


Lucy brauchte Tina nichts zu erzählen. Sie wusste schon alles. Erst hatte sie versucht, Tina zum Weitermachen zu bewegen:

„Tina, es hat doch keinen Sinn, wenn du auch aufhörst. Mach doch du wenigstens weiter."

Tina entgegnete nur:

„Zu spät. Mit diesen Blödmännern will ich nichts mehr zu tun haben!"

Lucy umarmte ihre Freundin und brach in Tränen aus. Da konnte auch Tina sich nicht mehr zurückhalten und weinte mit. Sie heulten wie die Schlosshunde. Trotzdem fühlte es sich irgendwie gut an, zu wissen, dass sie sich aufeinander verlassen konnten.

Verständlich, dass die beiden in eine kurze Depri-Phase fielen. Sie hörten gemeinsam „Mad World" von Gary Jules und gingen gemeinsam durch das Tief.

Dennoch kapitulierten sie nicht, kämpften gegen das Tief an. Zunächst mussten sie wieder Kräfte sammeln. Sie zogen sich zu zweit in ihre eigene Sphäre zurück, in eine imaginäre Weltraumkapsel, koppelten sich aus und fühlten sich von der Welt unverstanden. Sie wollten von der blöden Welt nichts mehr wissen. Bildlich gesehen schwebten sie allein im endlosen Weltraum. Wenn das nicht spacey war!

Sie zogen sich „Völlig losgelöst" von Peter Schilling rein und hoben ab. Sie hatten

einander und fühlten sich auf ewig verbunden. Das war doch auch etwas!

Die Wunden vernarbten langsam und
bald waren sie so fröhlich wie vorher,
wenn nicht noch fröhlicher.

Sie hatten das Geheimrezept dafür entdeckt: Lächeln.

Wenn sie lächelten, fühlten sie sich au-
tomatisch gut. Es musste sich um eine psychosomatische Reaktion handeln. Und die
Wirkungen erwiesen sich als enorm. Die
meisten Mitmenschen, denen sie zulächel-
ten, lächelten zurück, wodurch die Mädchen sich noch besser fühlten.

Tina lächelte sogar die Klassenzicke an.
Die war erst total verblüfft, dann bellte sie:

„He, was hast du denn eingeworfen,
Grinsi?"

Auf den Anwurf erwiderte Tina freundlich:

„Alles im grünen Bereich. Werd' mal locker! Macht doch Spaß zu lächeln."

Nanu! Hatte sie da den Anflug eines Lächelns über das Gesicht der anderen huschen sehen? Tina konnte es nicht genau erkennen, da die andere schon weitergegangen war, das aber immerhin, ohne ihr nochmals Kontra zu geben. Ein erster Ansatz zur Besserung.

So erging es ihr überall. Die Welt verhielt sich freundlich zu ihr.

Tina und Lucy spielten „Happy together" von The Turtles und fühlten sich total glücklich. Wozu mussten sie Stars sein? Sie waren o.k. so, wie sie waren.

Alles war gut.

Allerdings war die Karriere der beiden Mädchen als Profimusikerinnen nunmehr gelaufen. Vorbei. Doch sahen sie keinen Grund mehr, Trübsal zu blasen. Sie blickten nach vorn. Die Welt drehte sich weiter.

Wege trennen sich manchmal und laufen in andere Richtungen weiter. So ist das im Leben, das hatten sie jetzt gelernt. Die Leute, mit denen sie Karriere gemacht hatten, gingen einen anderen Weg als sie. Na und? Ihnen gefiel ihr eigener Weg inzwischen besser und sie gingen ihn erhobenen Hauptes.

Tatsächlich gingen auch die Gluppies ihren Weg. Sie fanden ein neues Girlie und eilten weiter von Erfolg zu Erfolg.

# Epilog

Hier endet die Geschichte von Tinas Traum, ein Star zu werden. Sie hatte ihr Ziel erreicht und dennoch Werte erkannt, die ihr wichtiger waren.

Das war ein Zeichen der einsetzenden Reife, des Erwachsenwerdens. Die Jugendzeit neigte sich ihrem Ende zu und damit auch die narzisstische Phase. Eine neue Zeit begann für die beiden Mädchen, die nun junge Frauen geworden waren.

Diese Zeit ist nicht mehr Thema dieser Erzählung. Nur ganz kurz sei ein Ausblick gegeben.

Tina und Lucy waren von der Öffentlichkeit bald vergessen. So ist das eben mit der Popularität. So schnell sie kommt, so schnell vergeht sie.

Musik machten die jungen Frauen trotzdem weiter – zu zweit in ihrer Freizeit.

Beide studierten nach der Schule Musikpädagogik für Grundschulen und wurden schließlich Musiklehrerinnen. Sie blieben beste Freundinnen. Tina heiratete Leon, Lucy Bob. Es gab eine wundervolle Doppelhochzeit.

Auch heute noch, viele Jahre später, erzählen Tina und Lucy ihren Schülerinnen und Schülern ab und zu von der Zeit, als sie einmal Stars waren. Die Bewunderung ihrer Schützlinge hält sich indes in Grenzen. Was interessieren die Schüler von heute die Stars von gestern?